NORMAN Y MIX

UNA HISTORIA DE
ISMAEL PREGO
WISMICHU

DIBUJOS DE
BONACHE

montena

El papel utilizado para la impresión de este libro ha sido fabricado a partir de madera procedente de bosques y plantaciones gestionadas con los más altos estándares ambientales, garantizando una explotación de los recursos sostenible con el medio ambiente y beneficiosa para las personas. Por este motivo, Greenpeace acredita que este libro cumple los requisitos ambientales y sociales necesarios para ser considerado un libro «amigo de los bosques». El proyecto «Libros amigos de los bosques» promueve la conservación y el uso sostenible de los bosques, en especial de los Bosques Primarios, los últimos bosques vírgenes del planeta.

Papel certificado por el Forest Stewardship Council®

Primera edición: junio de 2017

Printed in Spain – Impreso en España

ISBN: 978-84-9043-652-3
Depósito legal: B-8.674-2017

Compuesto en M. I. Maquetación, S. L.
Impreso en Soler
Esplugues de Llobregat (Barcelona)

GT 3 6 5 2 3

Penguin
Random House
Grupo Editorial

PRÓLOGO

CON APENAS SEIS AÑOS MI ABUELO ME COMPRÓ MI PRIMER CÓMIC. DESDE ENTONCES NO HA PASADO UN SOLO MES SIN QUE HAYA LEÍDO ALGUNA QUE OTRA NOVELA GRÁFICA Y DESEADO CREAR LA MÍA PROPIA.

HOY HA LLEGADO ESE DÍA. BIENVENIDOS A LA HISTORIA QUE SIEMPRE HE QUERIDO CONTAR DESDE QUE LEÍ MI PRIMER CÓMIC.

¡BIENVENIDOS A «NORMAN Y MIX»!

NO SON LOS HÉROES QUE LA CIUDAD SE MERECE Y, PARA SER SINCEROS, TAMPOCO LOS QUE NECESITA. TAN SOLO SON HÉROES. O ESO CREO...

ISMAEL PREGO
WISMICHU

CAPÍTULO 1

NORMAN Y MIX

DÓNDE VIENEN, NI CÓMO LLEGARON A DONDE ESTÁN A DÍA DE HOY.
LO QUE SÍ SÉ ES QUE USTEDES DOS SON UN PUTO DESASTRE Y QUE ME TIENEN HASTA LOS COJONES.
PERO, SEÑOR...
ÑEC ÑEC

CÁLLESE NORMAN, NO LE HE DADO PERMISO PARA HABLAR.
DESDE QUE PERTENECEN A LA ORGANIZACIÓN NO NOS HAN TRAÍDO MÁS QUE PROBLEMAS.
CADA VEZ QUE INTENTAN SOLUCIONAR UN CONFLICTO LO ÚNICO QUE LOGRAN ES EMPEORARLO.
EMPIEZO A PENSAR QUE ESA ES SU SUPERHABILIDAD, JODERLO TODO SIN TON NI SON.

DESDE EL INCIDENTE CON AQUEL VILLANO...
ESO TIE... TIENE UNA EXPLICACIÓN.

CIERRE EL PUTO PICO, MIX. ... HASTA EL SECUESTRO DE LA HIJA DEL PRESIDENTE.

POR FAVOR. SEÑOR, CUMPLIMOS LA MISIÓN. NUESTRAS INTENCIONES SON BUENAS PERO A VECES LAS COSAS NO SALEN COM...

JODER, ESTE TÍO ES UN COÑAZO.

SABÍA A LO QUE SE EXPONÍA CUANDO NOS ENCARGÓ AQUELLA MISIÓN.

TENEMOS EL PEOR SUPERPODER QUE CUALQUIER HÉROE PODRÍA TENER.

AHÍ DEBE DE SER DONDE LA TIENEN...
...¡EN EL CAMPAMENTO DE TERRORISTAS SURFISTAS!
TNT

MIX, ¿ESTÁS PREPARADO?
¡SÍ!
CIÑÁMONOS AL PLAN. ENTRAMOS CON TODO, COMO A TI TE GUSTA. SIN PRECAUCIÓN NI HOSTIAS.
TÚ ME CUBRES CON TU CAMPO DE FUERZA Y YO LES DISPARO.
LES DISPARAS CON LOS PEZONES, QUE NO SE TE OLVIDE. JAJAJA.
EL GRAN PROBLEMA ES QUE A VECES NOS TOCAN SUPERPODERES DE MIERDA INCAPACES DE CONTROLAR.
DEJADME QUE OS LO EXPLIQUE MEJOR.

NUESTROS PODERES
SON ALEATORIOS.
SOMOS SUPERHÉROES, SIEMPRE
TENEMOS SUPERPODERES, EL
FASTIDIO ES QUE ESTOS NO
SON PERMANENTES.
NOS PUEDEN
TOCAR LOS SUPERPODERES
MÁS GENIALES...
...O UNA AUTÉNTICA
MIERDA, LITERAL...

PERO VOLVAMOS A LA MISIÓN DEL DESIERTO.
¡HEY BRO, NOS ATACAN!
DAD LA ALARMA, ¡RÁPIDO!
MIERDA, NOS HAN DESCUBIERTO.
¡CALLA Y DISPARA!
ME DA VERGÜEN...
¡QUE DISPARES, JODER!

JAJAJAJA, JODER, ES GENIAL.
NO TIENE NI PUTA GRACIA. OJALÁ ME HUBIESE TOCADO A MÍ TU PODER.
SÍ QUE LA TIENE, ESTAMOS LUCHANDO CONTRA YIHADISTAS SURFEROS MIENTRAS TÚ LES LANZAS RAYOS POR LOS PEZONES.
¡FUEGO!
MIX, ESTÁN SACANDO LA ARTILLERÍA PESADA.
TRANQUILO, CONTABA CON ESO PARA INFILTRARNOS DENTRO DE SU CAMPAMENTO.
¿CÓMO?
EN EL ÚLTIMO MOMENTO DESVIARÉ EL MISIL CON EL CAMPO DE FUERZA.
PARA QUE LA ONDA EXPANSIVA NOS HAGA VOLAR POR LOS AIRES Y CAIGAMOS MEDIO MUERTOS EN PLENO CAMPAMENTO.
MENUDA MIERDA DE PLAN.
¡BOOOM!

¡KATA CROCK!
TIENDA DE MERCHANDISING OFICIAL.

¡OUCH!
¡CROCK!
¡UFF!
¡POM!
¡PAF!

HA FUNCIONADO, LO SABÍA.
UN DÍA DE ESTOS VAS HACER QUE NOS MATEN.

IN DIA DI ISTIS VIS HICIR QUI NIS MITIN, BLABLABLA. ASÍ SUENAS.
ESTAMOS JODIDOS...

ESTÁIS JODIDOS, BROS.
ESO, BRO.

¿POR QUÉ HABLAN ASÍ?
PORQUE SON SURFEROS.

¡VENGA,
DALE CON TO
ZIT
ZIT
ZIT

NO PARES DE DISPARAR, NO CREO QUE PUEDA AGUANTAR DEMASIADO.
ESO HAGO, JODER. TENGO LOS PEZONES EN CARNE VIVA.
AL MENOS ESPERO QUE LA HIJA DEL PRESI ME DÉ UN BESITO PARA COMPENSAR TODO ESTO.
?

¡POM!
¡OH! ES EL BRO SUPREMO.

LA PRINCESA NO TE VA A DAR NINGÚN BESO, BRO. PORQUE YO Y MIS BROTHERS NO TE DEJAREMOS LLEVÁRTELA.

¿QUÉ BROTHERS?

HEY, BRO SUPREMO, HA LLEGADO TARDE.
SIEMPRE LLEGA TARDE, BRO.

HEY, BROS, NOS ATACAN.
YA VOY, YA VOY. LO PRIMERO ES ESTAR GUAPOS, BROS.

DEJAOS DE TONTERÍAS Y LLÉVANOS INMEDIATAMENTE CON LA HIJA DEL PRESIDENTE.

EN LAS CELDAS SUBTERRÁNEAS DEL CAMPAMENTO.

AL FIN HABÉIS VENIDO A BUSCARME. MENOS MAL,
ESTABA SUFRIENDO MUCHÍSIMO.
ADIÓS, CHICOS.
BYE, BRO. UY. PERDÓN... ¡BYE, SISTER!

EN REALIDAD NO ME HAN SECUESTRADO, ME TRATAN GUAY Y ME COMENTARON SU CAUSA, ASÍ QUE DECIDÍ UNIRME A ELLOS UNA TEMPORADA.
¿SABES QUE CASI NOS MATAN POR TU CULPA?

BUENO, MIRA A LINK O A SUPER MARIO CON SUS RESPECTIVAS PRINCESAS.
¿DE VERDAD CREES QUE LAS HAN SECUESTRADO TANTAS VECES?
TIENE SENTIDO...

DÍAS DESPUÉS...
HOY QUIERO DAR LAS GRACIAS A ESTOS DOS HÉROES POR SALVAR A MI QUERIDA HIJA Y POR ELLO ME GUSTARÍA CONDECORARLOS CON LA MEDALLA AL HÉROE DEL MES.
HIJA, POR FAVOR. HAZ LOS HONORES.

A MÍ LA MEDALLA ME LA SUDA, YO QUIERO UN BESITO EN LA MEJILLA.
POR MÍ ENCANTADA.

¿RECORDÁIS LO DE NUESTROS PODERES?
TERMINAMOS CON LOS MALOS, SALVAMOS A LA HIJA DEL PRESIDENTE Y JUSTO DESPUÉS, AL DEJAR A LA HIJA CON SU DICHOSO PADRE, VA Y MI PODER CAMBIA. ¿A CUÁL?

PUES A QUE TODO LO QUE ENTRA EN CONTACTO CONMIGO EXPLOTA.

MUACS
¡KA-BOOOM!
¡MI ARMANI!

¿ME ESTÁN ESCUCHANDO? ¡ESTO ES GRAVE! HAN MATADO A LA HIJA DEL PRESIDENTE, DEBERÍAN ESTAR ENTRE REJAS ¿LO ENTIENDEN?

¡PLAF!

FUE UN ERROR, YA SABE CÓMO FUNCIONA LO DE NUESTROS PODERES. CUANDO EL RELOJ SUENA, ESTOS CAMBIAN.
BUENO, YO TODAVÍA NO SÉ LO QUE ENFADÓ REALMENTE AL PRESI, SI PERDER A SU HIJA O QUE SE LE MANCHARA SU ESTÚPIDO TRAJE DE ARMANI.

PERO ¿CÓMO SE LE OCURRE DECIR TAL BARBARIDAD?
¡NO HAY NADA ESTÚPIDO EN QUERER IR VESTIDO ELEGANTEMENTE!
FIN DEL CAPÍTULO 1

CAPÍTULO 2

ÚLTIMA OPORTUNIDAD

... NO SOMOS.
MALDITOS DESCEREBRADOS. PRÉSTENME ATENCIÓN POR UNA JODIDA VEZ EN SUS VIDAS. LES VOY A DAR UNA ÚLTIMA OPORTUNIDAD. COMO LA CAGUEN, SE VAN FUERA.
DESPEDIDOS, A LA PUTA CALLE.
¡¿ME OYEN?!
SÍ, JEFE.
¿PERDÓN?
PI — PIP — PIP —

HEMOS CONSEGUIDO UN SOPLO INTERDIMENSIONAL. ESTA NOCHE SEREMOS INVADIDOS POR SERES DE OTRO PLANETA Y DIMENSIÓN.
SU OBJETIVO ES DESTRUIR EL EDIFICIO MÁS GRANDE DE LA CIUDAD.
LAW

¿EL QUE PERTENECE A ESE RICACHÓN LAW?

SÍ, ESE.
SU MISIÓN SERÁ DESALOJAR A TODOS LOS CIVILES DE LA ZONA Y EVITAR EL DERRUMBE DEL EDIFICIO,
MIENTRAS UN AGENTE SUPERIOR A USTEDES SE ENCARGA DE LOS ALIENS INTERDIMENSIONALES.

¿QUÉ AGENTE?
ESO NO IMPORTA. AHORA, PÓNGANSE LOS JODIDOS RELOJES Y RECEN TODO LO QUE SEPAN PARA QUE EL PODER QUE TENGAN ESTA NOCHE SEA ÚTIL.
DE ACUERDO, SEÑOR. PROMETO NO DEFRAUDARLE.
CLIC
YO PROMETO INTENTARL...
... EH, TÚ. SÍ, TÚ. EL QUE ESTÁ LEYENDO ESTA BASURA PARA FRIKAZOS, ¿QUÉ MIRAS CON TANTO DETENIMIENTO?
¿ESTO? ¿EL RELOJ?

JODER, LOS RELOJES. ¡SE ME HABÍA OLVIDADO!
¿OS ACORDÁIS DE ESO DE QUE NUESTROS PODERES CAMBIAN CADA CIERTO TIEMPO ALEATORIAMENTE?

PUES ESTA COSITA NOS AVISA CUANDO NUESTRO ADN ESTÁ A PUNTO DE CAMBIAR.
A VER: NOSOTROS NO PODEMOS SABER CUÁNTO TIEMPO DURA CADA PODER, PERO ESTA HERMOSURA AL MENOS NOS AVISA JUSTO ANTES DE QUE CAMBIE PARA QUE NOS PREPAREMOS. O AL MENOS LO INTENTEMOS.

ESO, LO IMPORTANTE ES INTENTARLO.

¡SLAM!
¡INTENTARLO NO ES SUFICIENTE!
CUMPLAN LA MISIÓN Y LOGRARÁN SALVAR EL PELLEJO.
MAÑANA ESPERO SU INFORME.
¡APUNTADO! HASTA MAÑANA.
SIEMPRE Y CUANDO ESOS ALIENS NO NOS PATEEN EL CULO, CLARO.

¡PLAF!
PARECE QUE NO TE HA QUEDADO CLARO.

CON ESTA MISIÓN NOS LO JUGAMOS TODO, TÍO, ¿ENTIENDES?
TRANQUILO, JODER.
¡PING!

YA VERÁS COMO SALE TODO BIEN. ES QUE NO CONFÍAS EN MÍ.
MIX, CÓMO QUIERES QUE CONFÍE EN TI SI...
...TU PODER DE HOY ES ESTE. ¿CÓMO NOS AYUDARÁ ESTO A DESALOJAR UN EDIFICIO?
PEDOS GAS MOSTAZA
RELAX, JODER. PARA ESTA NOCHE MI PODER CAMBIARÁ, Y FIJO QUE NOS TOCA ALGO MÁS ÚTIL.
MÁS ÚTIL QUE TIRARSE PEDOS ES FÁCIL...
NO, EH, NO... NO SE REFIERE A... NORMAN, DÍSELO...

¡ESCÚCHAME!
MI SUEÑO ES LLEGAR A SER EL HÉROE NÚMERO UNO DEL UNIVERSO.
QUE TODOS SEPAN QUIÉN SOY GRACIAS A LAS GRANDES HAZAÑAS QUE HE LOGRADO.
Y TÚ CON TUS CHORRADAS ME LO VAS A ARRUIN...
¡PET!

ESPERO QUE ME DISCULPE EL PEDETE QUE SE ME HA ESCAPADO.
TRANQUILO, ESTABA TAPÁNDOME LA NARIZ. ASÍ QUE EL OLOR NI LO HE NOTADO...

LAS QUEMADURAS QUÍMICAS POR EL EFECTO MOSTAZA, Y TAL.
¡PET!
¡PET!

HOY ES EL DÍA...
UN PEQUEÑO PASO PARA NORMAN Y MIX...
UN GRAN PASO PARA LOS HÉROES...
HOY COMENZARÁN A TOMARNOS EN SERIO...
RASCA RASCA
¡UFF! QUÉ PALO ME DA SALVAR EL MUNDO.
SNIF...
CAT

¡¿QUÉ COJONES HACES Y POR QUÉ NO TE HAS PREPARADO TODAVÍA?!
ESPERA, TERMINO DE VER ESTE Y VOY.
¡DEJA DE VER...
... A CIBERPAYASOS...
... Y PREPÁRATE...
... DE UNA PUÑETERA VEZ!
¡BEEP! ¡BEEP! ¡BEEP!
¡CRAC!

VAYA VAYA.
ASÍ QUE SUPERFUERZA.
PARECE QUE HOY NADA PUEDE SALIR MAL.
¡MIX, ESTÁS VOLANDO!
¿YA NO TE TIRAS PEDOS DE GAS MOSTAZA?
TE LO DIJE. HOY ES NUESTRO DÍA, VERÁS. CONFÍA EN MÍ POR UNA VEZ, VENGA. ¡VAMOS!
¡BIEN!
SEREMOS LOS MEJORES HÉROES DEL PLANETA...

... SALVAREMOS A TODOS AQUELLOS QUE LO NECESITEN...
¡CORRED!
... PORQUE ES NUESTRO DEBER Y ES LO QUE MEJOR SABEMOS HACER...
NORMAN, YA HE TERMINADO CON LAS CASAS, SOLO FALTA LA TORRE PRINCIPAL. Y, POR SUERTE, TENGO UN PLAN.
NO SÉ SI ALEGRARME O PREOCUPARME.

A VER, ¿SABES ESAS SERIES DE DIBUJOS JAPONESES EN LAS QUE UN ROBOT SE UNE CON OTROS ROBOTS Y ASÍ FORMAN UN ROBOT TODAVÍA MÁS PODEROSO?
¿LAS DE MECHAS?
PARA MECHAS LAS QUE TIENES EN LA CABEZA, MOFETA.

EXACTAMENTE, LAS DE MECHAS. BIEN, HE PENSADO UNA COSA. LOS ALIENS ESTÁN POR LLEGAR, Y PARA DESALOJAR UN EDIFICIO TAN GRANDE COMO LA TORRE NO NOS VAMOS A BASTAR POR SEPARADO COMO HASTA AHORA.
TÚ TIENES TU SUPERFUERZA Y YO VUELO. DEBEMOS UNIRNOS, DEBEMOS FUSIONARNOS Y CREAR ASÍ UNA ESPECIE DE SUPERHOMBRE DE LA HOSTIA, CAPAZ DE SALVAR A LA HUMANIDAD.

¿UN SUPERHOMBRE?
HE COMPRADO HASTA UN TRAJE PARA LA OCASIÓN.

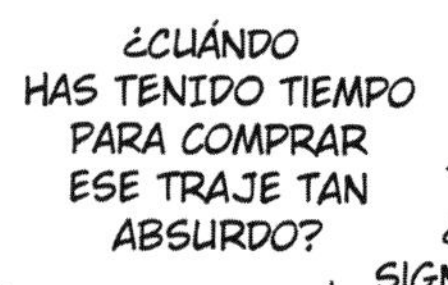
¿CUÁNDO HAS TENIDO TIEMPO PARA COMPRAR ESE TRAJE TAN ABSURDO?
¿Y QUÉ SIGNIFICA SM? ¿SADOMASO?

SM. DE SUPERMIX. A VER, COMO LA IDEA HA SIDO MÍA CREO QUE ES LO MENOS QUE PODEMOS HACER, QUE LLEVE MI NOMBRE.

ERES TONTO, ERES JODIDAMENTE TONTO. SUPERTONTO DEBERÍA PONER EN TU MIERDA DE TRAJE. ¿CÓMO QUIERES QUE NOS FUSIONEMOS? ESE NO ES NUESTRO PODER, ESTO ES LA VIDA REAL.

AQUÍ LA GENTE NO SE FUSIONA, NO BUSCA BOLAS DE DRAGÓN. DEJA DE LEER CÓMICS Y VER VÍDEOS EN INTERNET, QUE TE ESTÁN COMIENDO EL CEREBRO.

Y ADEMÁS, ESTE TRAJE TIENE CUATRO MANGAS.

DE ACUERDO, DE ACUERDO. PERO SI FRACASO SERÁ POR TU CULPA. VENGA, DALE.
LO TENGO TODO PENSADO. CONFÍA EN MÍ, JODER.

¡¡FUSIÓN!!
FROSTIE
FROSTIE
¡¡FLASH!!
HALE. LISTO, YA ESTAMOS FUSIONADOS.
¿A ESTO LO LLAMAS FUSIONARSE?

PERO ¿QUÉ TE ESPERABAS? ¿UNA FUSIÓN DE VERDAD? SI TE MONTAS ENCIMA DE MIS HOMBROS, PODEMOS VOLAR Y A LA VEZ APROVECHAR TU SUPERFUERZA.
PRECISAMENTE POR ESTO EL TRAJE TIENE CUATRO MANGAS. VENGA, VAMOS A...
¡CRA

ASHH!
MIERDA, JODER. ¡YA VIENEN!
HA LLEGADO LA HORA, MALDITOS DESCEREBRADOS...
FIN DEL CAPÍTULO 2.

CAPÍTULO 3
INVASIÓN

¡ES HORA
DE QUE ACTUÉIS!
¿QUIE... QUIÉN
E... ERES?

ES UN PLACER COMBATIR A SU LADO, COMANDANT...
¡PUM!
¡PUM!
¿CÓMO PUEDE SER QUE YO SEPA QUIÉN ES Y TÚ NO?
¡SI YO SOY EL IRRESPONSABLE!
ZOQUETES,
¿QUÉ TAL SI OS DEJÁIS DE CHÁCHARA Y CUMPLÍS VUESTRA MISIÓN?

¡CRAK! ¡SKEEEECK! ¡CLONG!
RUMBLE... RUMBLE...

¡VENGA, IMBÉCILES!
TODAVÍA QUEDA LA DICHOSA TORRE POR DESALOJAR.

¡CRAK!
RUMBLE
AHORA MISMO, COMANDANTE. PERO DEJE QUE LE EXPLIQUE A NORMAN QUIÉN ES USTED.
ADEMÁS, ASÍ APROVECHO Y LA PRESENTO A LOS LECTORES, QUE SI NO, NO SE ENTERAN.

TENEMOS DELANTE DE NUESTRAS JETAS A **KIM**. NI MÁS NI MENOS QUE DISEÑADORA, INVENTORA Y CREADORA DE NUESTROS RELOJES QUE LEEN EL ADN Y AVISAN SEGUNDOS ANTES DE QUE EL PODER CAMBIE.
GRACIAS A ELLA TENEMOS UNA BRIZNA DE ESPERANZA EN ESO DE CONVERTIRNOS EN HÉROES DE PROVECHO.
Y NO SOLO ESO, KIM ES LA COMANDANTE DE LA ORGANIZACIÓN, LA MANO DERECHA DEL JEFE.
GRACIAS A SUS CONOCIMIENTOS EN CIENCIA Y TECNOLOGÍA HA SALVADO EL MUNDO EN REPETIDAS OCASIONES.
T-T-T-T-TE QUI-QUIERO...

¿RECUERDAS AQUELLA VEZ QUE NOS INVADIERON UNOS ROLLOS DE PAPEL GIGANTES DE OTRA DIMENSIÓN, QUE QUERÍAN LIMPIARSE EL CULO CON CARAS DE HUMANOS POR LA OPRESIÓN QUE SUFREN SUS IGUALES EN NUESTRA DIMENSIÓN?

VEO QUE TE SABES MI CARRERA DE MEMORIA.
ES QUE SOY SU FAN, ¿NOS PODEMOS SACAR UNA FOTO?
SOLO SI CUMPLÍS EXITOSAMENTE LA MISIÓN.
¡ES HORA DE SALVAR EL MUNDO!

BUENO, TAMPOCO TE PONGAS CHULO, QUE SOLO TENEMOS QUE DESALOJAR UNA TORRE DE MIERDA...

... Y YA, SI ESO... AYUDAR A KIM A QUE ESAS NAVES-TIJERA NO CORTEN NADA.
zZzzZzz...

VENGA, CHICOS, NO LA CAGUÉIS.
LAW
BOING
A VER, ¿DÓNDE ESTÁN ESOS SUPERVIVIENTES?
CREO QUE HASTA QUE NO LOS SALVEMOS NO SON SUPERVIVIENTES...

¡LOS HÉROES HAN LLEGADO!
¡GRACIAS, CHICOS!
¡SACADME DE AQUÍ YA, JODER!

CALMA. AHORA QUE YA LES TENEMOS LOCALIZADOS, VAMOS A DESALOJAR PRIMERO A LAS MUJERES Y LOS NIÑOS.
¿CÓMO QUE MUJERES Y NIÑOS PRIMERO? ¿NO SOMOS TODOS IGUALES ANTE LOS OJOS DE LOS HÉROES?

¿NO NOS VAIS A SACAR A TODOS A LA VEZ?
MENUDA MIERDA DE HÉROES.
ADEMÁS, MIRAD CÓMO VAIS VESTIDOS. ¿NO OS PAGAN SUFICIENTE PARA TENER DOS TRAJES, QUE TENÉIS QUE COMPARTIRLO?
SM
¿Y ESAS SIGLAS SM DE QUÉ SON? ¿DE SUPER-MAMARRACHOS?

VALE, SEÑOR. LO QUE USTED DIGA. BAJARÁ DE LOS PRIMEROS.
NO PASA NADA.TODOS SERÁN DESALOJADOS SIN PROBLEMA ALGUNO.

ESTA JAULA TIENE ESPACIO PARA CINCO PERSONAS...

... Y EN MENOS DE 1 MINUTO VOLVEREMOS A POR EL RESTO.
¡POF!

SUBAN AL RECEPTÁCULO DE SALVAMENTO.
SAFE PEOPLE

¡APARTA, GUSANO!

TRANQUILO, JURO QUE VOLVERÉ A POR VOSOTROS.

VAMOS A LLEVAR A ESTAS PERSONAS A TIERRA E INMEDIATAMENTE VOLVEREMOS A POR USTEDES. ¡NO SE MUEVAN!
SAFE PEOPLE
¡BROOOM!
¿QUÉ ESTÁ PASANDO AHÍ FUERA? TODO ESTÁ TEMBLANDO.
RÁPIDO, SUBAN, NO TENEMOS TIEMPO.

PERO ¿QUÉ COJONES...?
LAW

ZUMMM!

¡CENTRAL! NECESITAMOS REFUERZOS. ESTO ES MUCHO MÁS GRAVE DE LO QUE PENSÁBAMOS
SIN CONEXIÓN...
REPITO, NECESITAMOS REFUERZOS.
SIN CONEXIÓN...
AQUÍ COMANDANTE KIM, NECESITAMOS REFUERZOS ¡YA!
SIN CONEXIÓN...
¡HAN CORTADO LAS COMUNICACIONES CON EL CUARTEL GENERAL, JODER!
CLARO, SON TIJERAS. ESO ES LO QUE HACEN.
¡POM!

¡LA REHOSTIA!
¡¿CÓMO VAMOS A ACABAR CON ESA BESTIA DESCOMUNAL?!
¡BEEP! ¡BEEP! ¡BEEP!
NO, JODER. ¡AHORA NO!
FIN DEL CAPÍTULO 3.

¡BUAAAA!
TRANQUILO, PEQUEÑO, EL HÉROE DIJO QUE VOLVERÍA POR NOSOTROS. Y LOS HÉROES SIEMPRE CUMPLEN SU PALABRA.

PERO NO ERA UN HÉROE, ERAN MITAD Y MITAD.
ESO HACE UNO ENTERO...

... CONFÍA EN ELLOS.
NO PUEDE SER, NO ME DIGAS QUE...
NO, NO ME JODAS.
¡BEEP! ¡BEEP!
CAPÍTULO 4
PROMESAS

¡CRAASHH!
¡Click!
THUNK
¡PATAPLAF!
POK

SAFE
PEOPLE

¡BIEN! ¡GRACIAS!
¡VENGA, RÁPIDO, SALGAN!
JODER, MENUDO DESASTRE. POR POCO NOS MATÁIS.
SEÑOR, LE HEMOS SALVADO. POR FAVOR, NO NOS ENTRETENGA MÁS. TODAVÍA QUEDA GENTE.
JODIDOS HÉROES DE MIERDA. BUENO, NI HÉROES OS PODÉIS CONSIDERAR. SEGURO QUE VAIS HASTA ARRIBA DE PASTILLAS.

MIRA AL DESGRACIADO DE TU COMPAÑERO, NO SABE NI DÓNDE ESTÁ.

¡MIX!

¿ESTÁS BIEN?

OIG... OIGO VOCES.
¿VOCES? ¿TE HAS DADO EN LA CABEZA?
JODER, NO... NO SE CALLAN, NO PUEDO PENSAR.
AHÍ, AHÍ. RÁSCAME JUSTO AHÍ. QUÉ GUSTETE.
YA VERÁS CUANDO TE PILLE, JODIDA RATA.
JODER, OTRA VEZ PIENSO DE MIERDA DEL SUPERMERCADO, HAY QUE SER RÁCANO.
¡MIX, ESPABILA! ¡TENEMOS QUE VOLVER!
MIX, COLEGA, NO ME DEJES AHORA.
VENGA, HUMANO, DAME DE COMER.
ME CAGO EN MI PUTA MADRE, YA SE HAN MEADO EN MI FAROLA.
PELOTA, PELOTA, PELOTA...

¡¿ME OYES?! MIX, JODER.
DÉJAME VER TU RELOJ, ¡JODER!
TELEPATÍA ANIMAL.
¡¡AAAAAAAAAA!!
¿QUÉ PASA? ¿QUÉ PASAAAAAA? EL RESTO DE SUPERVIVIENTES... ¡VAMOS!
¡VENGA, VAMOS!
¡VUELA!
¡VUELA!
¡VUELA!
BOING
BOING
NI LO INTENTES.
HAS CAMBIADO DE PODER EN PLENO VUELO Y YA NO PUEDES VOLAR.
AHORA SOLO PUEDES CONTACTAR TELEPÁTICAMENTE CON LOS ANIMALES.
PERO... ¿Y LOS QUE QUEDAN EN EL EDIFICIO? NORMAN, TIENES QUE RESCATARLOS.

AHORA MISMO.
KIM, TENEMOS PROBLEMAS AQUÍ ABAJO. YO ME ENCARGO DE EVACUAR EL EDIFICIO, PERO ESTÁS SOLA CONTRA LAS NAVES.
¡¿ME DEJÁIS SOLA CONTRA TODA UNA FLOTA DE NAVES-TIJERA Y UNA NAVE NODRIZA DEL TAMAÑO DE ALASKA?!
CHICOS, ESTÁIS HECHOS UNOS GALANES.
NAVE NODRIZA, PARECE QUE NOS HAN DEJADO SOLAS...
... ¿ME CONCEDES ESTE BAILE, HIJA DE PERRA?

¡EH! ¿SOLO LE HE HECHO UN RASGUÑO?
¡MIERDA! ESTA NAVE ES DURA DE ROER.
¡KATANA!
¡CHANK! ¡CHANK!
NUNCHAKUS MENOS...
¡PONG! ¡PONG!
¡AARGH! ¡¡PIEDRA!!
VENGA, JODER, PIEDRA GANA A TIJERA. DE TODA LA VIDA.

MIX, TÚ QUÉDATE AQUÍ PROTEGIENDO A LOS CIVILES.
YO VOLVERÉ ARRIBA.

ESTÁS LOCO, NO PODRÁS TÚ SOLO. ACABARÁS MUERTO.
NO ES MOMENTO DE SER CUIDADOSO.
¡BOING!
¡NORMAN!
LAW

NORMAN, ESTÁS LOCO SI PIENSAS QUE TE VOY A DEJAR AHÍ SOLO.

¡AYÚDAME!

MIERDA, ESAS VOCES DE NUEVO.

MIAUUU... ¡AYUDA!
¿QUIÉN ME PIDE AYUDA?

LA CIUDAD SE VIENE ABAJO. TENGO MIEDO.

GATITO, NO TE PREOCUPES. CONMIGO ESTARÁS A SALVO.
NO TE CREO, ALGUNOS HUMANOS ME HAN HECHO DAÑO.

GATETE, YO SIEMPRE CUIDO DE MIS AMIGOS.
Y SI NO ME CREES. PREGÚNTASELO A...

... NORMAN.
¡!

¡NORMAN!
¡NOOOO!
FIN DEL CAPÍTULO 4.

CAPÍTULO 5

MODO BERSERK

NO TE MUERAS, NORMAN, POR FAVOR.
¡AYUDA!
NO SOY MÁS QUE UN INÚTIL CON PODERES INÚTILES.
¡AYUDA!
PROMETÍ A ESA GENTE QUE LOS SALVARÍA Y NO PUEDO...

¡¡AYUDAAAAAAA-
AAAAAAAAAAAA!!
ERMELA

¡NORMAN!
NORMAN, ¿ME RECIBES? ¡CONTESTA, NORMAN!
MIX, ¿DÓNDE ESTÁS? ¡NORMAN NECESITA AYUDA!
¡RÁPIDO, ANTES DE QUE CAIGA AL SUELO!

¡ZIP!
FÍUUU...
¡¿UNOS PÁJAROS HAN SALVADO A NORMAN?!

¡EH! LOS PÁJAROS AHORA VIENEN A POR MÍ.
¡DEJADME, PAJARRACOS!
¡¿DÓNDE COÑO ME LLEVÁIS?!
¿ES UN PÁJARO?
¿ES UN AVIÓN?
EL PRIMERO TENÍA RAZON. ES UN PÁJARO. BUENO, MUCHOS PÁJAROS PARA SER CONCRETOS.
COMO NO ME DIGÁIS DÓNDE ME LLEVAIS OS VOY A SACAR LOS OJOS CON UNA CUCHARILLA DE CAFÉ. OS PARTIRÉ EL CUELLO CONTRA UN BORDILLO.
OS... ¡ME LLEVABAIS A RESCATAR A LAS PERSONAS QUE TODAVÍA ESTÁN ATRAPADAS!
SIEMPRE HE CONFIADO EN VOSOTROS.

¡BIEN! TE TENEMOS.
¡MIX! YO ME ENCARGO DE PONER A SALVO A ESTAS PERSONAS.
ESTE ES TU MOMENTO. ¡REVIENTA A TODOS ESOS JODIDOS EXTRATERRESTRES!
ANIMALES DE TODO EL PLANETA, ¡YO OS INVOCO!
AYUDADME Y ENSEÑÉMOSLES A ESOS BASTARDOS INTERDIMENSIONALES CÓMO LAS GASTAMOS EN ESTA DIMENSIÓN.

¡DESTRO-
ZADLAS
A TODAS!

KANE

¡CRIC!
¡CRIC!
¡CRAC!

CRAC!

¡LOS ANIMALES ESTÁN SALVANDO LA CIUDAD!
¡NIÑO, ENTRA EN LA JAULA! DIGO... RECEPTÁCULO DE SALVAMENTO.
SAFE PEOPLE

ESA NAVE NODRIZA AÚN ESTÁ ACTIVA Y EN CUALQUIER MOMENTO PODRÍA...
... CONTRAATACAR.

LAW
LAW
¡CLAC!
¡NOOOOOO!
¡NO MÁS
MUERTES!

SAFE PEOPLE
¡AL MENOS NO LAS NUESTRAS!
¡PONEOS DETRÁS DE MÍ!
LOS ANIMALES HAN ACABADO CON LA MAYORÍA DE LAS NAVES-TIJERA.
SOLO QUEDA LA NAVE NODRIZA Y VOY A DESTRUIRLA.
BUENO, QUIZÁ NO DURE MUCHO MÁS. VA A...

... CAERLE UN EDIFICIO ENCIMA.
¡BROOOM!
FIN DEL CAPÍTULO 5.

CAPÍTULO 6

MISIÓN CUMPLIDA

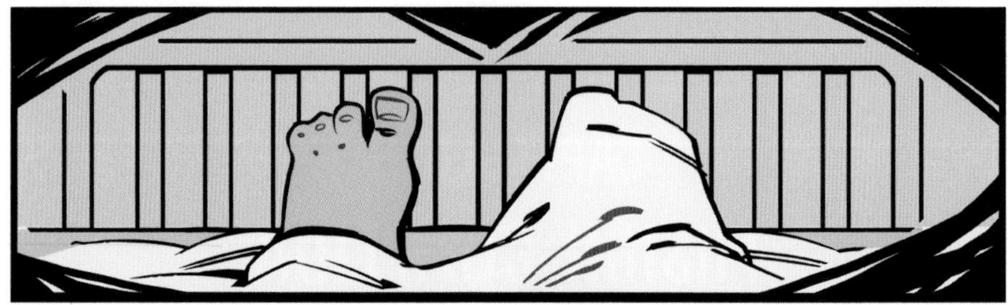

¿QUÉ COJONES
HA PASADO?

MIX, TÍO,
¿ESTÁS BIEN?
¿QUÉ TE
HA PASA...
¡FISSS!

VALE,
VALE, AMIGO.
YA LO PILLO.
¡MIAU!
¡MIAUUU!
¡MARRAMIAU!
¡MIAU!

¡ÑIEK!

NEWS

NORMAN Y MIX, LOS DESCONOCIDOS QUE HAN SALVADO LA CIUDAD
Fuga masiva de animales en el ZOO de la ciudad
"Me salvaron esos héroes, y estoy muy agradecido"
¡SÍ, ESE ES MI MIX. SABÍA QUE LO CONSEGUIRÍAS!
SIEMPRE CONFIÉ EN TI (AUNQUE SOLO UN POCO). OUCH, CÓMO DUELE.
¡VUELVA INMEDIATAMENTE A SU HABITACIÓN!

COF, COF.
PERDONA, QUERÍA SABER QUÉ HA PASADO. QUÉ NOS HA PASADO, VAYA.
HABITACIÓN FN-2187
LO ENTIENDO, PERO AHORA NO ES EL MOMENTO. VENGA, A LA HABITACIÓN.
ASÍ QUE HA SIDO TODO GRACIAS A ÉL.
PUES SÍ, HA HECHO UN GRAN TRABAJO. VA A SER UNA PENA TENER QUE...
ESTO, HOLA.
¡NORMAN! CUÁNTO ME ALEGRO DE QUE ESTÉS BIEN.
GRACIAS. NO RECUERDO NADA DESDE QUE ME HIRIERON. TENGO MUCHAS PREGUNTAS.
NORMAN, ESTOY ORGULLOSO.

¿QUIÉN ME HA TRAÍDO AL HOSPITAL?
¿HAS SIDO TÚ, KIM? ¿QUÉ HA PASADO AL FINAL?
¿ES VERDAD LO QUE PONE EN EL PERIÓDICO? ¿MIX HA SALVADO LA CIUDAD?
¿CÓMO OS HABÉIS CARGADO A LOS ALIENS?
HEY, CALMA VAQUERO. VAYAMOS POR PARTES. NO SABEMOS QUIÉN TE HA TRAÍDO AL HOSPITAL, CUANDO TRAJE A MIX YA ESTABAS AQUÍ.
UNOS PÁJAROS.
¡¿UNOS PÁJAROS?!
LO QUE OYES. QUE TE TRAJERON UNOS PÁJAROS. NO ME PREGUNTES CÓMO, PERO TE DEJARON EN LA RECEPCIÓN DEL HOSPITAL Y SE FUERON VOLANDO.
CLARO, TIENE SENTIDO.
¿CÓMO VA A TENER SENTIDO QUE UNOS PÁJAROS ME TRAIGAN AL HOSPITAL?

ME REFIERO A QUE HA SIDO MIX, IDIOTA.
¿CÓMO QUE HA SIDO **MIX?** LA SEÑORA ESTA HA DICHO QUE HAN SIDO UNOS PÁJAROS. ¿ESTÁS SORDA O QUÉ?
RESPETA A TUS SUPERIORES, CAZURRO.
¡PLAF!
Y USTED RESPETE A MIS PACIENTES.
NORMAN, PARA HABER SALVADO LA CIUDAD SIGUES SIENDO UN DESCEREBRADO. A VER...
... **KIM** SE REFIERE A QUE **MIX** ACTIVÓ EL MODO BERSERK DE SU PODER Y CONTROLÓ A TODOS LOS ANIMALES A 100 KM A LA REDONDA.
BERSERK ES EL NIVEL MÁXIMO DE CUALQUIER PODER. PERO COMO VOSOTROS CAMBIÁIS DE PODER CADA DOS POR TRES, NUNCA HABÉIS LLEGADO A DOMINAR TANTO UN PODER COMO PARA ACTIVARLO.

PEER... PERO ¿QUÉ COJONES ME ESTÁS CONTANDO? PERO SI MIX SOLO PODÍA COMUNICARSE TELEPÁTICAMENTE CON ANIMA...
ESPERA, ESPERA. ¿TE REFIERES A LA MOVIDA ESA TAN CREEPY QUE HIZO DE LOS OJOS EN BLANCO?

SÍ, ESO ES EL MODO BERSERK. AUNQUE NO SIEMPRE SE MUESTRA DE ESA FORMA.
YO PUEDO CONTROLAR MILES DE ARMAS MIENTRAS DESPRENDO UN AURA DE ENERGÍA, NADA DE OJOS EN BLANCO NI MOVIDAS EXTRAÑAS. MUCHO MÁS ELEGANTE.
Y EL DE MIX, EN ESTE CASO, HA SIDO CONTROLAR A LOS ANIMALES A SU ANTOJO.

JO-DER... ¿Y YO PUEDO HACER ESO? ¿CÓMO SE ACTIVA?
PUES DEPENDE. A VECES SE ACTIVA POR LA EXPERIENCIA Y, MUY DE VEZ EN CUANDO, POR RAZONES SIMPLEMENTE SENTIMENTALES. MIX DESPERTÓ EL SUYO AL VERTE A TI A PUNTO DE PALMARLA.

DESPERTAR EL MODO BERSERK AL VER A UN COMPAÑERO EN PELIGRO, MENUDO CLICHÉ. SOLO OS FALTA LLEVAR BANDANAS DE VUESTRA ALDEA EN LA CABEZA Y CORRER CON LOS BRAZOS HACIA ATRÁS.

Y ¿QUÉ PASÓ CON LA NAVE GIGANTE QUE NO HABÍA MANERA DE DESTRUIR? ¿TE LA CARGASTE AL FINAL? ¿ROMPIÓ LA TORRE?
TU SUPERPODER DE HOY ES HACER MUCHAS PREGUNTAS POR LO QUE VEO, JAJAJA.
SÚPER PREGUNTÓN
A VER, LO MEJOR VA A SER QUE VEAS ESTO. SON IMÁGENES GRABADAS POR UN REPORTERO DE LA TV.
LOS TRES HÉROES HAN DESALOJADO A TODOS LOS CIVILES DE LA ZONA.
TV

PARECE QUE LA TORRE NO AGUANTARÁ MÁS.
LAW
¡ATENCIÓN, LA TORRE ACABA DE DERRUMBARSE!
¡CRAASHH!
HA CAÍDO SOBRE LA MÁS GRANDE DE ESAS NAVES. PARECE QUE TODO HA TERMINADO YA.
LA NAVE HA SIDO ABATIDA. LA TORRE LAW ES UNA GRAN PÉRDIDA PARA LA CIUDAD, PERO HA SIDO POR UNA BUENA CAUSA Y AL MENOS NO HAY HERI...
TV
KRI-KRIIIII-KIRI-KIRI-KRIIII...

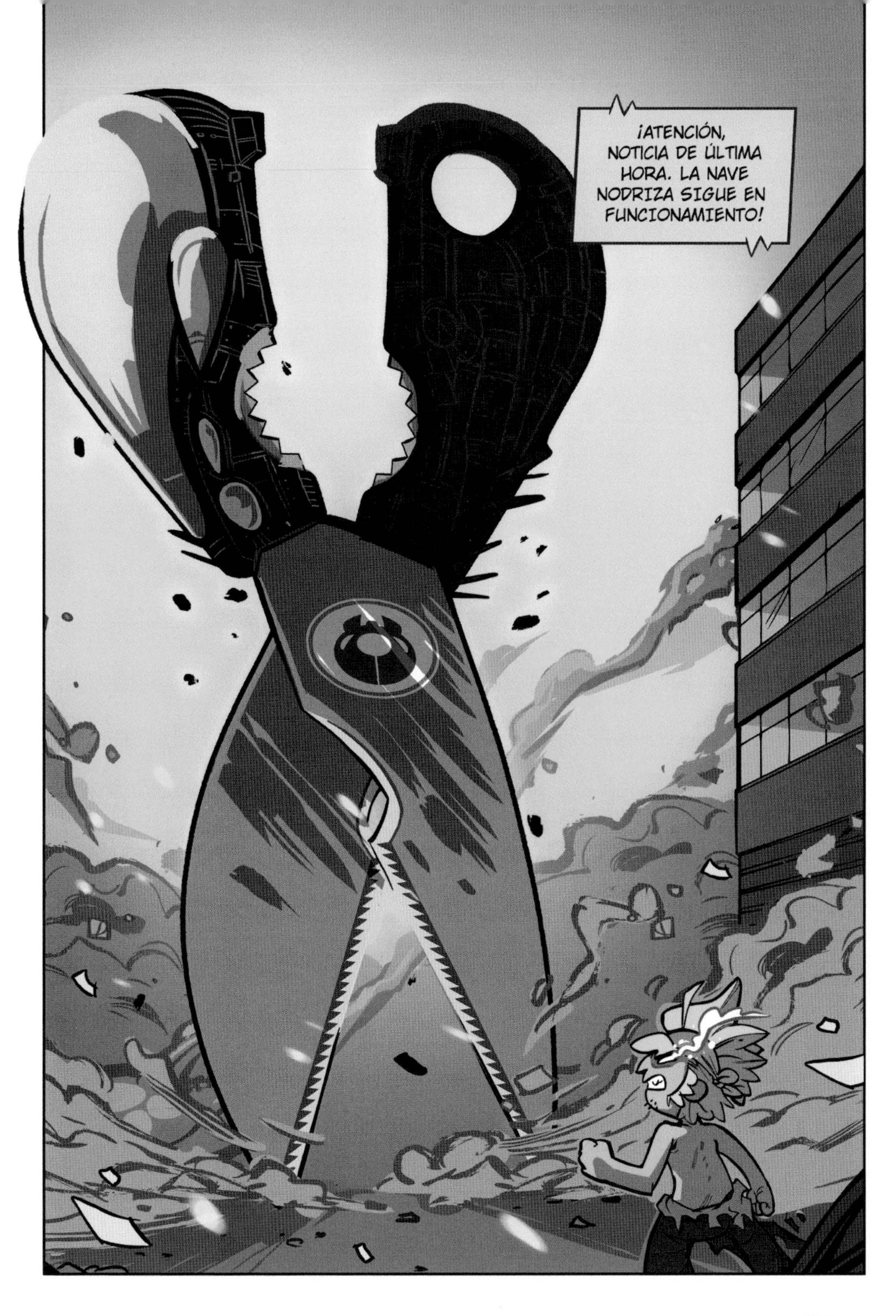
¡ATENCIÓN, NOTICIA DE ÚLTIMA HORA. LA NAVE NODRIZA SIGUE EN FUNCIONAMIENTO!

¡VAMOS, MIX, TIENES QUE TERMINAR CON ESTO!
¡ZOORNADO!

ENTAL
¡UN TORNADO! ATENCIÓN, UN TORNADO GIGANTE SE APROXIMA POR EL HORIZONTE, ¡GRÁBALO!

EN EL TORNADO
HAY JODIDOS TIBURONES.
¿SOY YO O ESTO YA
LO HEMOS VISTO EN
UNA PELI?

¡SMASH!
¡LA HOSTIA!
¡EL HURACÁN DE ANIMALES
HA IMPACTADO CONTRA LA
NAVE NODRIZA!

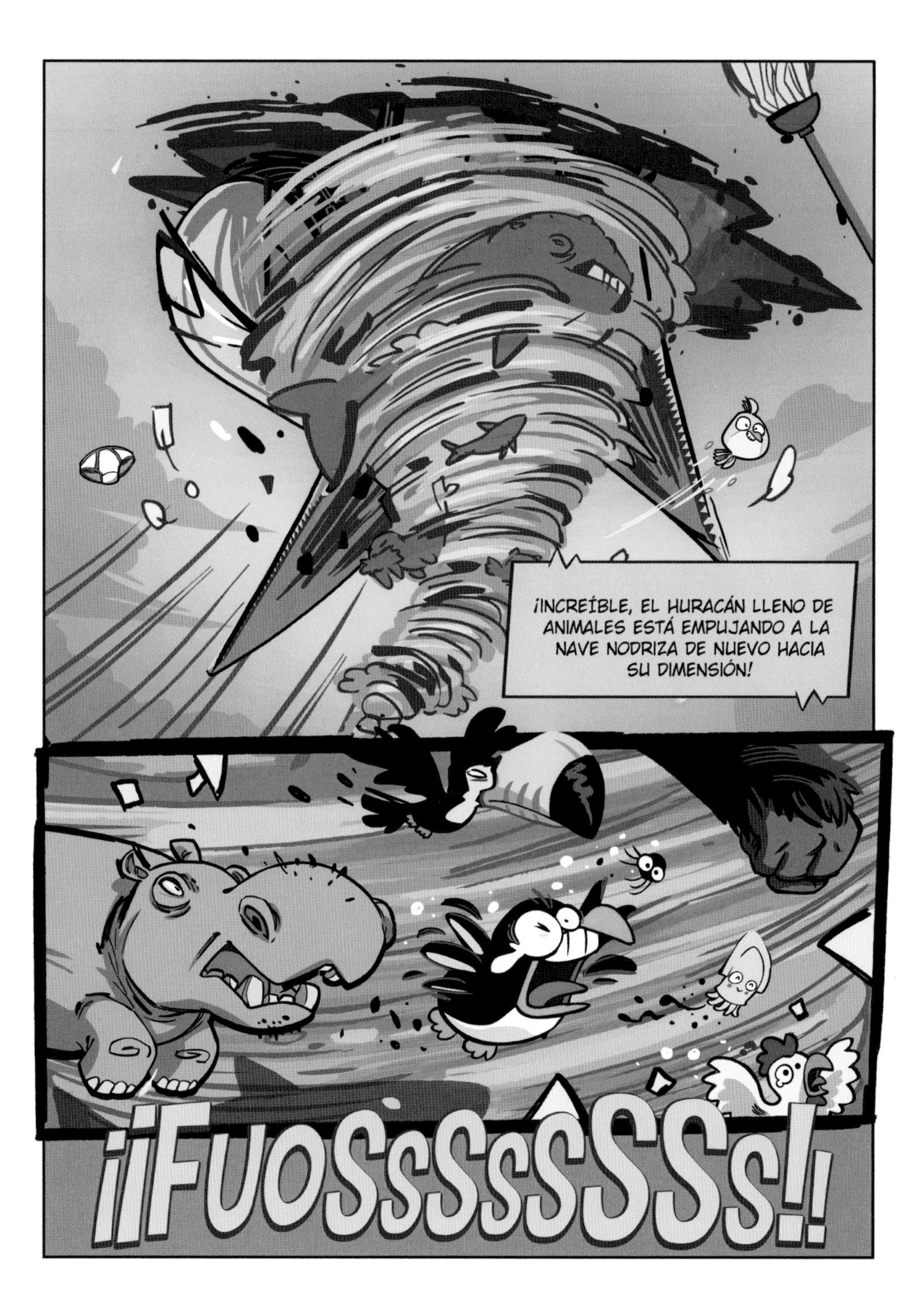
¡INCREÍBLE, EL HURACÁN LLENO DE ANIMALES ESTÁ EMPUJANDO A LA NAVE NODRIZA DE NUEVO HACIA SU DIMENSIÓN!
¡¡FUOSSSSSSSSS!!

¡WUOOS!

¡BADA-BOOOM!

?
LO HABÉIS CONSEGUIDO. SIENTO NO HABERME FIADO DE VOSOTROS, MIX.
LA VERDAD ES QUE MOLÁIS BASTANTE.
VAYA, ESTAS CÁMARAS LO GRABAN TODO, ¿EH?
RIS

EHM...
¿ME HAN PUESTO MORFINA EN EL GOTERO, VERDAD? NAVES-TIJERA ALIENÍGENAS VALE, PERO UN TORNADO DE ANIMALES CON TIBURONES INCLUIDOS...
¿ESO TAMBIÉN HA SIDO OBRA DE MIX?

¡QUÉ PUTA PASADA!

¡COLEGA!
¡MI TONTOPOLLA FAVORITO!
¡MUACS!
¿SABES QUE TE HE ECHADO DE MENOS?
ESTOY TAN ORGULLOSO DE TI.
¡MUACS!
¿SABES LO MUCHO QUE TE QUIERO?
¡MUACS!
¡MUACS!
ME ALEGRO TANTO DE QUE ESTÉS BIEN, PORQUE ESTÁS BIEN, ¿VERDAD?
VALE. PARA YA, ¿Y POR QUÉ HABLAS FORMULANDO PREGUNTAS?
¡MUACS!
BIEN, CHICOS. AHORA QUE MIX HA DESPERTADO EL JEFE TIENE ALGO IMPORTANTE QUE DECIROS. YO POR MI PARTE QUIERO DECIR QUE HA SIDO UN GRAN HONOR TRABAJAR CON VOSOTROS.

FIN DEL CAPÍTULO 6.

CAPÍTULO 7

DESPEDIDOS

JODER, JODER Y MÁS JODER.
SALVO LA PUTA CIUDAD Y ASÍ ES COMO ME LO PAGAN.
TRANQUILÍZATE.

DESPEDIDO. ES QUE HAY QUE JODERSE.
YO, EL HÉROE DE LA CIUDAD.
NOS HAN DESPEDIDO A LOS DOS, Y PESE A QUE A MÍ TAMBIÉN ME JODE, NO ESTOY MONTANDO UN NUMERITO GRITANDO POR LA CALLE.

ME CAGO EN MI VIDA, JODER. MI PUTA CARA ESTÁ EN LA PORTADA DE LOS PERIÓDICOS. Y ME DESPIDEN. VOY A MATAR A ALGUIEN, NECESITO MATAR A ALGUIEN. O AL MENOS ROMPER MUCHAS COSAS.

OYE, TÚ ERES ESE HÉROE TAN GUAY QUE CONTROLA A LOS ANIMALES, ¿VERDAD?
¿ME PUEDO SACAR UNA FOTO CONTIGO?

¡FUERA DE AQUÍ, MOCOSA DE MIERDA!
¡MIAU! ¡¡MIAUU!!
¡¿TE QUIERES CALMAR?!
A MÍ ME JODE MÁS QUE A TI, TE RECUERDO QUE YO TENÍA UN OBJETIVO EN ESA MIERDA DE ORGANIZACIÓN. QUERÍA SER EL MEJOR HÉROE Y LO ÚNICO QUE HE HECHO HA SIDO TERMINAR HERIDO Y OBLIGARTE A LUCHAR POR LOS DOS.
PERDÓN, PERO ES QUE ESTA MIERDA ME FRUSTRA, HEMOS CUMPLIDO LA MISIÓN. NO ENTIENDO POR QUÉ NOS DESPIDEN. ¿QUÉ MÁS DA QUE LA TORRE LAW SE HAYA DERRUMBADO?
¿QUÉ MÁS DA QUE ESE LAW NOS QUIERA FUERA DE LA ORGANIZACIÓN? ¡ÉL NO ES EL JEFE! ¡EL JEFE NOS QUIERE DENTRO DE LA ORGANIZACIÓN!

NO ES EL JEFE PERO COMO SI LO FUESE. UNA GRAN PARTE DE LOS FONDOS DE LA ORGANIZACIÓN PROVIENEN DE SU BOLSILLO.
Y LA OTRA GRAN PARTE, DEL PRESIDENTE, ESE AL QUE LE MANCHASTE SU PRECIOSO TRAJE CON LAS VÍSCERAS DE SU HIJA AL HACERLA EXPLOTAR, ¿RECUERDAS?
EL DINERO MUEVE EL MUNDO, MIX. Y SI ESA GENTE NOS QUIERE FUERA, TENDREMOS QUE IRNOS.
Y HABLANDO DE DINERO. ¿AHORA DE QUÉ VAMOS A VIVIR?
PUES TENDREMOS QUE BUSCAR UN ...
TRABAJO.
¡PLAF!
MIX, ¿ESTÁS BIEN?
¿HAS VUELTO A ENTRAR EN MODO BERSERK?

¡BUAAAAAAAA!
YO NO QUIERO
TRABAJAAR
¡¡BUAAAAAAAAAA!!
¡MIAU!
¡¡MIAUU!!

VAMOS,
PUTO LLORÓN.
¡¡BUUUAAAAAAAAAAA!!
TO... TODA MI VIDA HE SI... SIDO
HÉROE, NO SÉ HACER
OTRA COSA.
FRIIIIIIIISSSS...

SEMANAS MÁS TARDE...
POR FAVOR, MIX, PARA YA. HAN PASADO SEMANAS Y SIGUES IGUAL QUE EL PRIMER DÍA. HAZ ALGO CON TU VIDA.
JODER, QUÉ PENSARÍAN DE TI LAS PERSONAS QUE SALVASTE.
Y HABLANDO DE LOS QUE SALVASTE, EL GATO. ¿LE HAS PUESTO NOMBRE YA? PORQUE VISTO LO VISTO DOY POR HECHO QUE SE QUEDA.

AH, PUES NO. NO HABÍA PENSADO NINGÚN NOMBRE...

PUES VENGA, YA TIENES ALGO QUE HACER. Y DESPUÉS BUSCA UN TRABAJO, QUE DE ALGO TENDRÉIS QUE COMER TÚ Y TU BICHO.

VENGA, ME VOY A TRABAJAR. A VER SI CON SUERTE EN ESTE CURRO DURO MÁS DE UNA SEMANA.

PASARON LOS DÍAS...
CUANDO LES DIJE A MIS COMPAÑEROS QUE, AUN TRABAJANDO DE BOMBERO, MIS PODERES PODÍAN CONVERTIRME EN "LA ANTORCHA HUMANA",
TODOS FUERON SUPER-COMPRENSIVOS.
R.I.P.
DESPÉDIDO
Y SIGUIERON PASANDO LOS DÍAS...
MIRA QUÉ MONO GIDEON, CON ESE BIGOTILLO PARECE... AQUEL HOMBRE TAN MAJO... CÓMO SE LLAMABA... AH, SÍ, ¡CHAPLIN!
SEÑOR, LE ADVIERTO QUE ADEMÁS DE SER TELEOPERADOR TENGO EL PODER DE LEER EL PENSAMIENTO. Y SÉ QUE ESTÁ CAGÁNDOSE EN MIS MUERTOS.
PERO ¿QUÉ LEER EL PENSAMIENTO? TE LO ESTOY GRITANDO: ¡ME CAGO EN TUS MUERTOS MEADOS!
DESPÉDIDO

TODAVÍA PASARON MÁS DÍAS...
A PARTIR DE AHORA TE LLAMARÁS GIDEON.
PAÑALES
A QUIÉN SE LE OCURRE CONTRATAR A UN ENANO COMO REPONEDOR.
¡NO SOY UN ENANO! SOLO TENGO EL GRAN SUPERPODER DE SER BAJITO Y PELUDO.
DESPEDIDO

HASTA QUE UN DÍA, ALGO CAMBIÓ...
CHICO, PONME LO MÁS FUERTE QUE TENGAS.

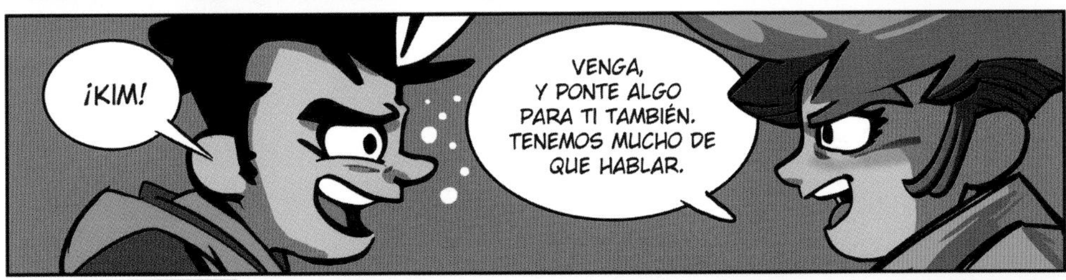
¡KIM!
VENGA, Y PONTE ALGO PARA TI TAMBIÉN. TENEMOS MUCHO DE QUE HABLAR.

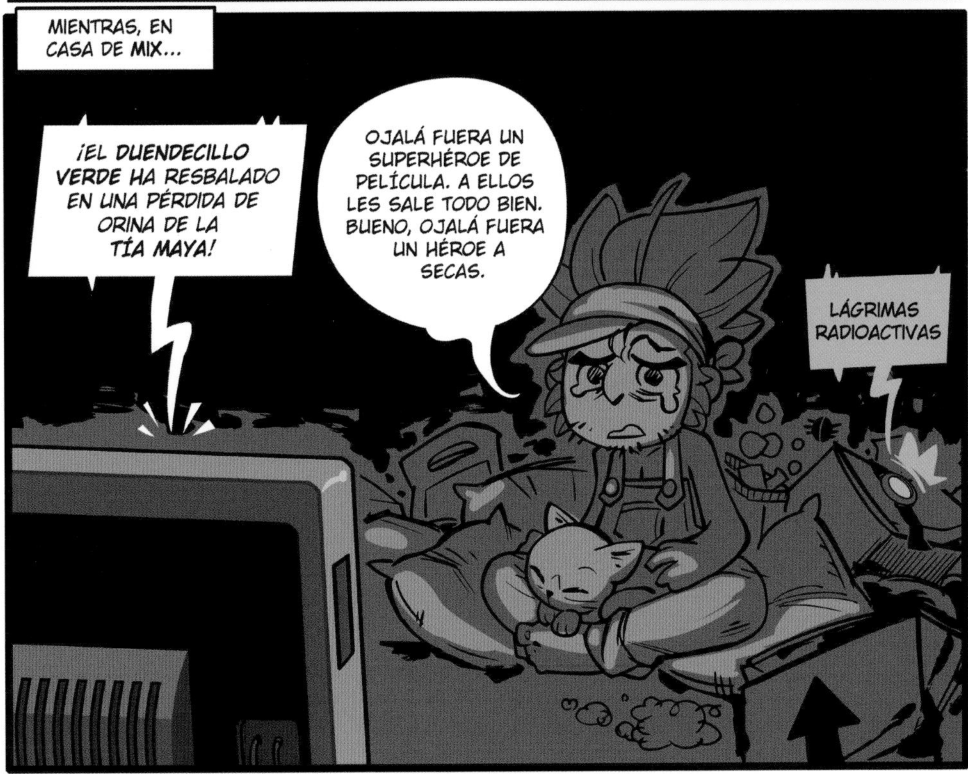
MIENTRAS, EN CASA DE MIX...
¡EL DUENDECILLO VERDE HA RESBALADO EN UNA PÉRDIDA DE ORINA DE LA TÍA MAYA!
OJALÁ FUERA UN SUPERHÉROE DE PELÍCULA. A ELLOS LES SALE TODO BIEN. BUENO, OJALÁ FUERA UN HÉROE A SECAS.
LÁGRIMAS RADIOACTIVAS

NO SOY NADIE,
SOY UN INÚTIL.

¡GIDEON!
¡¡FISSSSS!!

¡KBOOM!

¿GIDEON?

GIDEON ES MI NOMBRE DE ESCLAVO, HUMANO.
LAS COSAS CAMBIARÁN A PARTIR DE AHORA, ÚNETE A MÍ Y DOMINEMOS EL MUNDO.
CONTINUARÁ...

ROCKFORD PUBLIC LIBRARY
3 1112 020662884